A Beñat. Lento camina el talento.

Doña Olimpia y el canario

© Texto: Txabi Arnal Gil
© Ilustraciones: Julio Antonio Blasco

© Edición: ICB Editores
C/ Flauta Mágica 1, local 1 B
Pol. Ind. Alameda - 29006, Málaga
info@icbeditores.com
www.icbeditores.com

Abresueños
info@abresuenos.com
www.abresuenos.com

Edición: Alicia M. Maroto
Catálogo S.L.
Música: Va Pensiero / FiftySounds
Agradecimientos: José Antonio Meca

Primera edición: 2024
ISBN: 978-84-19720-67-2
Depósito Legal: MA 2001-2024

Doña Olimpia
y el canario

TXABI ARNAL GIL   JULIO ANTONIO BLASCO

Abresueños
EDITORIAL

Al marido de doña Olimpia se lo llevó un virus.
De eso, hace ya cinco años.

Y aunque con el paso del tiempo el dolor de doña Olimpia
se ha hecho más pequeño, lo sigue extrañando en cada
desayuno, en cada comida, en cada cena…

… y en cada canción. Porque al marido de doña Olimpia,
el señor Ruiz (o Ruiz Señor, como a él le gustaba que le
llamasen), le chiflaba la música.

Doña Olimpia guarda una extensa colección de recuerdos de aquella gran afición de su marido; docenas de discos y un viejo equipo de música que ya no funciona. A doña Olimpia le gustaría arreglarlo, pero el dinero de la pensión apenas le llega para comer y tomarse dos cafés al mes.

Aunque no lo aparente, doña Olimpia tiene un montón de años y también el colesterol un poquito alto. Es por ello, que el médico le ha recomendado que pasee a diario.

«¡Pero qué ocurrencias tiene este doctor!», se enfada doña Olimpia. «¿Pasear por pasear? ¡Vaya manera más tonta de perder el tiempo! Ni que fuera rica. En cualquier caso, si he de andar, aprovecharé para hacer las compras».

Así que, si te das una vuelta por el barrio de doña Olimpia,
probablemente la verás acompañada de su carrito;
en la charcutería de doña Anita...

o en la frutería de don Pepín,

siempre inmersa en sus pensamientos:

«¡Cómo ha cambiado el barrio! Ahora todo son locales vacíos. Las tiendas pequeñas, las de siempre, están desapareciendo. Al parecer, preferimos los grandes centros comerciales. Sus luces nos atraen como la mierda atrae a las moscas. Uno de los pocos que resiste es don Vicente. Aunque, la verdad, no sé cómo lo consigue. Ya nadie entra en su pajarería».

Y fue, precisamente, frente al escaparate de la pajarería de don Vicente, donde comenzó la historia que os vamos a contar.

Aquella mañana, un pequeño canario atrajo la atención de doña Olimpia.

El pajarito se veía flaco, triste y ojeroso. Doña Olimpia quiso comprarlo de inmediato. Deseó rescatarlo de la cochambrosa jaula en la que vivía para, después, dejarlo en libertad. Pero doña Olimpia no tenía suficiente dinero. Como ya sabéis, su pensión apenas le llegaba para comer y tomarse dos cafés al mes.

Al día siguiente, de nuevo frente al escaparate de la pajarería de don Vicente,
doña Olimpia se llevó las manos a la cintura, se palpó las carnes y pensó:

«Tengo reservas suficientes. No pasará nada si me aprieto el cinturón.
Comeré un poquito menos y, con el dinero que ahorre, sacaré
de la cárcel a ese pobre desgraciado. Un huevo,
dos trocitos de chistorra, seis patatas fritas,
un par de nueces y un cuscurro de pan
es demasiada cena para mí.
Eliminaré las patatas».

Días después, doña Olimpia volvió a visitar al pequeño canario.
Lo encontró más flaco, más triste y más ojeroso que en su visita anterior.

«Pronto serás libre, pequeño, pronto», murmuró.

Y para convertir aquel «pronto» en un «muy pronto», doña Olimpia decidió apretarse un poco más el cinturón:

«Un huevo, dos trocitos de chistorra, un par de nueces y un cuscurro de pan es demasiada cena para mí.
Eliminaré la chistorra».

Una semana más tarde, doña Olimpia regresó a su cita con
el pequeño canario. El pájaro se veía aún más flaco, más triste y
más ojeroso que en su último encuentro.

«Muy pronto serás libre, pequeño, muy pronto», se dijo a sí misma
doña Olimpia. Y para que aquel «muy pronto» se convirtiera en un
«en breve», decidió apretarse un poco más el cinturón:

«Un huevo, un par de nueces y un cuscurro de pan es demasiada
cena para mí. Eliminaré el huevo».

Durante las siguientes jornadas, doña Olimpia visitó regularmente la pajarería. Y, tras cada visita, sentía cómo el corazón se le encogía un poquito más. ¡El pajarito apenas se veía de tan flaco, tan triste y tan ojeroso que estaba!

«En breve serás libre, pequeño, en breve», murmuró una vez más.

Y para transformar aquel «en breve» en un «la semana que viene», doña Olimpia resolvió hacer un nuevo agujero a su cinturón:

«Un par de nueces y un cuscurro de pan
es demasiada cena para mí.
Eliminaré el cuscurro».

Siete días después, doña Olimpia hizo recuento del dinero ahorrado gracias a sus ayunos. Por fin había conseguido reunir la cantidad necesaria para comprar el canario.

Sin apenas haber dormido (últimamente su estómago no paraba de rugir durante la noche), a las nueve en punto de la mañana, salió corriendo de casa, camino de la pajarería de don Vicente.

Antes de entrar a la tienda, doña Olimpia se detuvo a tomar aliento y observó su reflejo en el escaparate: aunque cansada, se veía muy alegre e ilusionada.

—Buenos días, don Vicente. Deseo comprar ese canario.

—¿Quiere comprar ese pájaro tan flacucho y ojeroso? —don Vicente se mostró sorprendido—. ¡Pero si ya no come ni canta! Bueno, la verdad es que nunca ha cantado. ¡Y eso que quien lo trajo a mi tienda me aseguró que era todo un tenor! Además, viendo su estado, no creo que dure mucho.

—Bueno, eso ya se verá —respondió enérgicamente doña Olimpia—. Que yo sepa, está a la venta. ¿No es así?

—Sí, así es.

—Pues me lo llevo.

—Y yo le regalo la jaula. ¡Y además le hago una rebaja del diez por ciento! —don Vicente estaba encantado de librarse de lo que él consideraba un estorbo—. Últimamente el canario no prueba bocado. Es justo rebajarle a usted aquello que yo he ahorrado en alpiste.

Doña Olimpia regresó a su casa tan pronto
como pudo. Sabía lo que tenía que hacer y
lo quería hacer YA.

Posó la jaula sobre la mesita de la terraza y,
a continuación, abrió la puerta:

—¡Me tenías tan preocupada! Ahora eres
libre. ¡Vuela, pequeño canario, vuela!

Pero, en lugar de echar a volar, dirigió una
dulce mirada a doña Olimpia y se puso
a comer.

Una vez hubo llenado la tripita, el canario se acercó a la puerta de la jaula y se preparó para el gran momento. Doña Olimpia suspiró:

—¡Ay! Te echaré de menos. No sé por qué, pero te he cogido un cariño tremendo.

El pajarito estiró y sacudió sus alas, comprobaba que todo funcionaba correctamente. «Listo para el despegue», pensó doña Olimpia. Una lágrima se deslizó por su mejilla.

Y, por fin, el canario despegó.

Pero no fue un vuelo muy largo.
Después de dar varias vueltas alrededor de
Doña Olimpia, aterrizó sobre sus hombros.

A continuación, acercó el pico al oído de la mujer y
rompió su largo silencio con una bonita tonada.

—¡Demonio de pájaro! —exclamó emocionada doña Olimpia—. Esta era
su canción favorita.